AF460885

VENTE DU MERCREDI 23 MARS 1898

HOTEL DROUOT, SALLE N° 6

A TROIS HEURES

TABLEAUX

ET

AQUARELLES

MODERNES

Me LÉON TUAL	M. DURAND-RUEL
COMMISSAIRE-PRISEUR	EXPERT
56, rue de la Victoire, 56	16, rue Laffitte, 16

EXPOSITION PUBLIQUE

Le Mardi 22 Mars 1898, de 1 heure 1/2 à 5 heures 1/2

IMPRIMERIE DE L'ART.

CATALOGUE

DES

TABLEAUX

ET AQUARELLES

PAR

Boudin, Cazin, Degas, V. Gilbert, Haquette, Jongkind Maincent, Van Marcke, Mathon, Monet, Monticelli, Pissarro Renoir, Richet, Rousseau, Ary Scheffer

*Provenant en partie de la Succession de M. H****

ET

*En partie de celle de M. B****

DONT LA VENTE AURA LIEU

HOTEL DROUOT, SALLE N° 6

Le Mercredi 23 Mars 1898

à trois heures

Par le Ministère de **Mᵉ LÉON TUAL,** commissaire-priseur

56, rue de la Victoire, 56

Assisté de **M. DURAND-RUEL,** expert

16, rue Laffitte, 16

EXPOSITION PUBLIQUE

Le Mardi 22 Mars 1898, de 1 h. 1/2 à 5 h. 1/2

CONDITIONS DE LA VENTE

Elle sera faite au comptant.

Les acquéreurs paieront *cinq pour cent* en sus des adjudications.

Paris. — Imp. de l'Art. E. Moreau et Cie, 41, rue de la Victoire.

DÉSIGNATION

TABLEAUX

*Dépendant de la Succession de M. H****

BOUDIN
(E.)

1 — *La Plage à Etretat.*

Signé à droite et daté 1890.

Toile. Haut., 46 cent.; larg., 65 cent

BOUDIN

2 — *Le Port du Havre.*

Signé à gauche et daté 1885.

Toile. Haut., 42 cent.; larg., 55 cent.

CAZIN
(J.-C.)

3 — *Paysage aux environs de Dunkerque.*

Signé à droite.

Bois. Haut., 17 cent. 1/2; larg., 26 cent. 1/2

MONET
(CLAUDE)

4 — *Bords de rivière.*

Au premier plan, la berge fleurie; plus loin, la rivière.

A gauche, sur l'autre bord, les constructions d'une ville se profilent dans le chaud ciel d'été.

Signé à droite et daté 1877.

Toile. Haut., 54 cent.; larg., 65 cent.

MONET
(CLAUDE)

5 — *La Seine à Rueil.*

A gauche, le quai bordé de maisons aux toits couverts de neige longe la Seine.

A droite, de l'autre côté de la rivière, la berge escarpée.

Signé à gauche.

Toile. Haut., 51 cent.; larg., 65 cent.

RENOIR
(A.)

6 — *Jeune fille lisant.*

Vue de profil, coiffée d'un chapeau à larges bords orné de fleurs et elle feuillette le livre qu'elle tient à la main.

Signé à gauche.

Toile. Haut., 55 cent.; larg., 46 cent.

TABLEAUX

*Provenant de la Succession de M. B****

DEGAS

(E.)

7 — *Le Lever.*

Debout, vue de dos, une femme se détend au sortir du lit. A gauche, dans un coin de la chambre, un tub.

Signé à gauche.

Pastel. Haut., 81 cent.; larg., 65 cent.

DEGAS

(E.)

8 — *Danseuses.*

Vue de profil, l'une d'elles, s'appuyant du pied sur une chaise, cause avec ses compagnes. Quelques-unes se tiennent debout, près de là fenêtre que l'on aperçoit au fond.

Signé à droite.

Pastel. Haut., 53 cent.; larg., 49 cent.

TABLEAUX, AQUARELLES

Appartenant à divers

I

TABLEAUX

DE BEAULIEU

(A.)

9 — *Le Charmeur de serpents.*

Signé à gauche.

Bois. Haut., 88 cent.; larg., 51 cent.

DE BEAULIEU

(A.)

10 — *La Korrigane.*

Signé à droite et daté 1891.

Bois. Haut., 68 cent.; larg., 43 cent.

BEAUVERIE

11 — *Bords de rivière.*

Signé à droite et daté 1876.

Toile. Haut., 51 cent.; larg., 84 cent.

BELLENGER

(G.)

12 — *Paysage, côtes de Bretagne.*

Signé à droite.

Toile. Haut., 54 cent.; larg., 80 cent.

BELLENGER

(G.)

13 — *Le Bouquet de fleurs.*

Signé dans le haut, à gauche.

Toile. Haut., 50 cent.; larg., 62 cent.

COIGNARD

(L.)

14 — *Vaches au bord de l'eau.*

Signé à gauche.

Toile. Haut., 44 cent.; larg., 74 cent.

COLLART

(MARIE)

15 — *Le Verger.*

Signé à gauche.

Toile. Haut., 1 mètre; larg., 75 cent.

COLLART

(MARIE)

16 — *Le Four de campagne.*

Signé à droite.

Toile. Haut., 73 cent.; larg., 63 cent.

COTTIN

17 — *Lapins.*

Signé à gauche.

Toile. Haut., 62 cent.; larg., 78 cent.

GILBERT

(V.)

18 — *Odalisque.*

Signé dans le haut, à droite.

Toile. Haut., 82 cent.; larg., 49 cent.

GILBERT

(V.)

19 — *Danseuse.*

Signé dans le haut, à gauche.

Toile. Haut., 82 cent.; larg., 49 cent.

GROBON

(F.-F.)

20 — *Fleurs et fruits.*

Signé à droite.

Toile. Haut., 81 cent.; larg., 65 cent.

GROBON

(F.-F.)

21 — *Fleurs et fruits.*

Signé à droite.

Toile. Haut., 81 cent.; larg., 65 cent.

GUILLEMET

(A.)

22 — *Côtes de Bretagne.*

Signé à gauche.

Toile. Haut., 37 cent.; larg., 44 cent

*

HAQUETTE

(G.)

23 — *Convalescence.*

Signé à gauche et daté 1879.

Toile. Haut., 1 m. 2 cent.; larg., 79 cent.

HAQUETTE

(G.)

24 — *L'Atelier.*

Signé à gauche et daté 1880.

Toile. Haut., 97 cent.; larg., 80 cent.

JACQUET

(G.)

25 — *Tête de femme.*

Signé à droite.

Bois. Haut., 20 cent.; larg., 15 cent.

LEBOURG

(A.)

26 — *Vue de Rouen, soleil couchant.*

Signé à droite.

Toile. Haut., 48 cent.; larg., 65 cent.

LEBOURG

(A.)

27 — *La Seine à Rouen.*

Signé à gauche.

Toile. Haut., 46 cent.; larg., 65 cent.

LEBRUN

(MARIE)

28 — *La Maison des naufrageurs.*

Signé à gauche.

Toile. Haut., 1 m. 60 cent.; larg., 1 m. 2 cent.

MAINCENT

(G.)

29 — *Dans la prairie.*

Signé à gauche.

Toile. Haut., 48 cent.; larg., 80 cent.

MAINCENT

(G.)

30 — *Le Moulin.*

Signé à gauche.

Toile. Haut., 32 cent.; larg., 40 cent.

MATHON

(E.)

31 — *Paysage.*

Signé à droite.

Bois Haut., 36 cent.; larg., 62 cent.

MATHON

(E.)

32 — *La Ferme.*

Signé à droite.

Bois. Haut., 36 cent.; larg., 62 cent.

MAZEROLLE

33 — *Bacchus.*

Signé à gauche.

Toile. Haut., 1 m. 40 cent.; larg., 1 m. 24 cent.

MELIN

34 — *Chiens de chasse.*

Signé à droite.

Toile. Haut., 26 cent.; larg., 21 cent.

MONTICELLI

35 — *Nymphe des bois.*

Signé à droite.

Bois. Haut., 38 cent.; larg., 23 cent.

PISSARRO

(C.)

36 — *Le Pont de Pontoise.*

Signé à droite et daté 1878.

Toile. Haut., 60 cent.; larg., 74 cent.

PISSARRO

(C.)

37 — *La Mare à Montfoncault.*

Signé à droite et daté 1874.

Toile. Haut., 74 cent.; larg., 60 cent.

PISSARRO

(C.)

38 — *Route à Pontoise.*

Signé à droite et daté 80.

Toile. Haut., 74 cent.; larg., 60 cent.

PORCHER

39 — *Vue de Venise.*

Signé à gauche.

Toile. Haut., 54 cent.; larg., 74 cent.

RENOIR

(A.)

40 — *Jeunes Femmes assises dans l'herbe.*

Signé à gauche.

Toile. Haut., 60 cent.; larg., 74 cent.

RENOIR

(A.)

41 — *La Jeune Fille à la canne.*

Signé à droite.

Toile. Haut., 62 cent.; larg., 50 cent.

RICHET

(L.)

42 — *Paysage.*

Signé à droite.

Bois. Haut., 20 cent.; larg., 30 cent.

ROBERT

(P.)

43 — *Un Lansquenet.*

Toile. Haut., 65 cent.; larg., 54 cent.

LA ROCHENOIRE

44 — *Vaches paissant au bord d'une route.*

Signé à gauche et daté 74.

Toile. Haut., 70 cent.; larg., 98 cent.

LA ROCHENOIRE

45 — *Vaches au pâturage.*

Signé à droite.

Toile. Haut., 70 cent.; larg., 98 cent.

ROUSSEAU

(PH.)

46 — *Paysage.*

Toile. Haut., 18 cent.; larg., 27 cent.

(*Estampille de la vente Th. Rousseau.*)

SCHEFFER

(ARY)

47 — *Mater dolorosa.*

Signé à droite.

Toile. Haut. 47 cent.; larg., 37 cent.

VERNIER

(ÉMILE)

48 — *Village au bord de la mer.*

Signé à droite et daté 1880.

Haut., 43 cent.; larg., 70 cent.

WASHINGTON

(G.)

49 — *Une Halte.*

Signé à gauche.

Bois. Haut., 45 cent.; larg., 67 cent.

II

AQUARELLES ET DESSINS

JONGKIND

50 — *Bateaux à l'ancre.*

Signé à gauche.
Aquarelle.

Haut., 15 cent.; larg., 23 cent.

JONGKIND

51 — *Le Village.*

Signé à droite et daté 56.
Crayon et lavis.

Haut., 17 cent. 1/2; larg., 27 cent.

JONGKIND

52 — *Vue d'Antibes.*

Signé à droite.
Aquarelle.

Haut., 24 cent.; larg., 39 cent

JONGKIND

53 — *Au Bord de la mer.*

Signé à droite.
Aquarelle.

Haut., 23 cent. 1/2; larg., 30 cent.

LEMAIRE

(MADELEINE)

54 — *Fleurs, éventail.*

Signé à droite.
Aquarelle.

Haut., 22 cent.; larg., 38 cent.

LHERMITTE

(L.)

55 — *Paysannes et enfant.*

Signé à gauche.
Dessin au crayon noir.

Haut., 16 cent.; larg., 27 cent.

VAN MARCKE

56 — *Vaches au pâturage.*

Signé à gauche.
Aquarelle.

Haut., 8 cent.; larg., 13 cent.

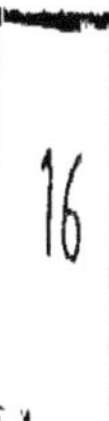

www.ingramcontent.com/pod-product-compliance
Ingram Content Group UK Ltd.
Pitfield, Milton Keynes, MK11 3LW, UK
UKHW020227180726
13838UKWH00005B/2237